Les dragons de Nalsara

8

• Sortilèges sur Nalsara •

L'auteur : Marie-Hélène Delval est auteur
de nombreux romans et histoires pour la jeunesse,
publiés aux éditions Bayard Jeunesse, Flammarion…
Pour Bayard, elle est également traductrice
de l'anglais (les séries L'Épouvanteur
et La cabane magique, *L'Aîné*…).
C'est une passionnée de « littérature de l'Imaginaire »
et – bien sûr – de fantasy !

L'illustrateur : Alban Marilleau a étudié
à l'École Supérieure de l'Image d'Angoulême.
Depuis, il illustre des albums, de la bande dessinée,
et travaille pour Bayard Presse.
Ses ouvrages sont notamment publiés
aux éditions Nathan et Larousse. Pour représenter
l'univers magique des dragons de Nalsara,
il s'est inspiré des ambiances qu'il fréquentait
déjà enfant, dans les romans de Tolkien.

© 2010, Bayard Éditions
Dépôt légal : février 2010
ISBN : 978-2-7470-3021-2
Loi n°49-956 du 16 juillet 1949 sur les publications à destination de la jeunesse.

Imprimé en Allemagne par CPI - Clausen & Bosse

Marie-Hélène Delval

• Sortilèges sur Nalsara •

Illustrations d'Alban Marilleau

bayard jeunesse

Les dragons de Nalsara

Cette histoire se passe au royaume
d'Ombrune, sous le règne du roi Bertram.
À deux heures de bateau du port de Nalsara,
la capitale, s'élève l'île aux Dragons.
On l'appelle ainsi car, tous les neuf ans,
deux ou trois dragonnes sauvages
viennent y déposer leur œuf.
C'est là que vit Antos, le Grand Éleveur
de dragons, avec ses enfants, Cham et Nyne.

Cham

Antos

Nyne

Résumé de l'épisode précédent
Le secret des magiciennes

Un matin, une chouette blanche apporte aux enfants un message de leur mère. Elle est est donc bien vivante ! Interrogeant le miroir, Cham et Nyne ont la brève vision d'une tour sombre. Dhydra serait-elle prisonnière quelque part sur le territoire des Addraks ? Mais voilà qu'arrive Yénor, le nouveau dragonnier de Nour. Il a pour mission d'emmener Cham au palais, où les magiciennes le demandent. Le garçon s'y rend, à dos de dragon ! Là-bas, la servante qui a élevé Dhydra lui fait une terrible révélation : sa mère est la fille de Eddhor, un puissant sorcier addrak. Cela signifie que Nyne et lui ont du sang addrak dans les veines ! Isendrine et Mélisande s'efforcent de rassurer Cham : Dhydra n'agit pas comme son père ; si elle a de grands pouvoirs, elle ne les met qu'au service du bien.

Pendant ce temps, au pays des Addraks, la prisonnière de la tour a un visiteur : Darkat, le sorcier. Il la menace : si elle refuse encore d'appeler les dragons, il s'en prendra à son fils. Les Addraks ont besoin de dragons dans leur armée, pour attaquer le royaume d'Ombrune. Or, Darkat est lui aussi fils de Eddhor ; avec ironie, il appelle Dhydra : « ma chère sœur »...

Au milieu de la nuit, un appel de Nour alerte Cham : la strige est à sa recherche ! Dans un fracas d'orage, la créature fond sur le palais. Mais elle disparaît bientôt en sifflant de rage : elle n'a pas trouvé le garçon. Pour protéger Cham, les magiciennes préfèrent le garder quelque temps à Nalsara.

Inquiétudes

Cham n'a quitté l'île aux Dragons que la veille ; pourtant, Nyne s'ennuie déjà de son frère. Lorsqu'un alcyon voyageur apporte un message du palais, la petite fille s'alarme aussitôt : est-il arrivé quelque chose ?

Elle attend avec anxiété que son père ait déplié le mince papier. Il lit, les sourcils froncés. Comme il reste silencieux, Nyne l'interroge :

– Qu'est-ce qui est écrit, papa ? Cham ne revient pas ?

Antos se racle la gorge, puis il répond avec un petit rire :

– Eh bien, on dirait qu'ils ne peuvent plus se passer de ton frère, au palais ! Messire Onys tient à nous rassurer : Cham va bien, mais les magiciennes souhaitent le garder quelques jours auprès d'elles.

– Pour quoi faire ?

L'éleveur de dragons hausse les épaules :

– Le message ne le précise pas.

Pinçant gentiment la joue de sa fille, il ajoute, moqueur :

– Il te manque donc tant que ça, ce garnement ? Moi, au moins, pendant ce temps, je ne vous entendrai plus vous chamailler !

– On ne se chamaille pas si souvent, quand même…, grommelle la petite fille.

Antos fourre le papier dans sa poche et lance :

– Allez, va soigner tes lapins, et ne t'en fais pas pour ton frère ! Lui, tu sais, quand il est avec ses chers dragons…

Nyne opine d'un hochement de tête. Elle décroche sa pèlerine et se dirige vers la grange. Son père s'est efforcé de prendre un ton léger ; malgré cela, elle a bien senti qu'il était inquiet. Elle aussi est inquiète. C'est bizarre que le message n'en dise pas plus. Que s'est-il passé, au palais ? Que veut-on leur cacher ?

Tout en garnissant de paille propre les clapiers de ses lapins angoras, Nyne ne cesse de tourner ces questions dans sa tête. Soudain, une idée lui vient : si elle essayait de communiquer avec Cham ?

Elle court vers la maison. À cette heure, son père est à la bergerie ; elle sera tranquille.

Nyne monte en hâte dans sa chambre et s'empare de son miroir. Elle se penche sur la surface de verre qui reflète son visage clair, ses yeux emplis d'attente. Comme à chaque fois, les paroles de messire Damian lui reviennent en mémoire : « Ta mère m'a offert ce miroir, avant son départ pour l'île… Elle m'a dit : "Gardez-le en souvenir de moi. Lorsque vous en aurez besoin, il réfléchira pour vous." C'est pour toi, Nyne, qu'il réfléchira désormais. »

À voix basse, la petite fille implore :

– S'il te plaît, miroir, réfléchis ! Cham est loin d'ici, mais il a le cristal-qui-voit. Le cristal aussi, c'est du verre qui montre des images. Appelle mon frère, miroir ! Tu le peux, j'en suis sûre ! S'il te plaît, miroir !

Au bout de quelques secondes, l'objet frémit légèrement. Cela ne s'est encore jamais produit. Nyne a l'impression que… Oui, c'est ça : le miroir fait un effort ! À mesure que des vapeurs se forment et tournoient sous la surface lisse, il tremble davantage. La petite fille doit le serrer fermement entre ses mains pour qu'il ne lui échappe pas. Le cœur battant, elle regarde de tous ses yeux.

Le miroir a un dernier sursaut, puis il se calme, tandis que l'espèce de brouillard qui l'a envahi se dissipe lentement, révélant une grande pièce que Nyne reconnaît : le bureau de messire Onys, le Maître Dragonnier. Il n'y a personne. Sur la table de travail, encombrée de documents, est posé un coffret de plomb. C'est celui qui renferme le cristal-qui-voit.

Alors, un étrange phénomène se produit : le regard de Nyne perce l'épaisseur du lourd métal. La boule de verre lui apparaît. Un point de lumière s'allume en son centre ; il grossit, devient une masse claire qui tourne sur elle-même. Puis un contour se dessine ; des ombres modèlent peu à peu... un visage ! C'est le sien, celui de Nyne !

La petite fille reste muette, face à son double qui la fixe sans ciller. Que doit-elle faire, à présent ? Dans un souffle, elle lâche :

– Cham...

Et, au cœur de la boule de verre, la bouche de l'autre Nyne articule : «Cham...»

Elle a compris! Le cristal-qui-voit va enregistrer ce qu'elle a à dire! Il le répétera à son frère quand il sera de retour!

Tout excitée, elle débite:

– Cham! On peut communiquer! Confie ton message pour moi au cristal, il l'enverra à mon miroir! Qu'est-ce qui se passe au palais? Est-ce que tu as des ennuis? Que veulent les magiciennes? Dis-moi tout, Cham, s'il te plaît, je me fais du souci! Dis-moi si…

À cet instant, l'autre Nyne, qui, jusque-là, semblait prononcer les mêmes paroles, disparaît d'un coup. La véritable Nyne n'a plus devant les yeux que l'image du sombre coffret de plomb. Elle s'efface à son tour, et le miroir reflète de nouveau un petit visage encadré de longs cheveux noirs.

«J'ai été trop bavarde…», pense Nyne, presque amusée.

Curieusement, ses craintes se sont apaisées. Son frère va recevoir le message, et il répondra! S'ils peuvent se «parler» malgré la distance, tout ira bien!

Une chambre princière

Cham est de très mauvaise humeur. Sous prétexte de le mettre à l'abri d'une nouvelle attaque de la strige, voilà qu'on le tient quasiment enfermé !

On l'a installé dans une petite chambre, au rez-de-chaussée d'une des tours d'angle du palais. La pièce est ronde, éclairée par une fenêtre aussi étroite qu'une meurtrière, fermée par une lourde porte bardée de fer. Certes, la serrure n'est pas verrouillée ; le garçon a le droit de sortir. Mais les deux gardes postés devant la porte, dans le corridor, ont ordre de l'accompagner où qu'il se rende. Autant être en prison !

Cham fait le tour de la chambre, examinant les murs tapissés de motifs de fleurs, le coffre de bois précieux où il a rangé ses chemises et son pantalon de rechange, le lit garni d'un édredon de soie. Une habitation digne d'un prince ! Dommage qu'elle soit aussi sombre… Le garçon s'approche de la fenêtre, bien trop haute pour qu'il puisse regarder dehors ; il lui faudrait grimper sur une chaise. Un rayon de soleil éclaire une table sur laquelle est posé un gros livre relié. Cham le feuillette pour tromper son ennui. Il ne s'intéresse pas au texte. Mais les images sont extraordinaires ! Elles représentent des dragons, peints de vives couleurs rehaussées d'or. Au fil des pages se succèdent de fabuleuses créatures aux écailles étincelantes, orangées, bleutées, vertes… Tiens, celle-ci ressemble à Nour !

Cham claque la couverture de cuir. S'il allait voir le jeune dragon ? Il ne va quand même pas rester là toute la journée ! Le problème, c'est que les deux gardes ne le quitteront pas d'une semelle. Quel moyen inventer pour se débarrasser d'eux… ?

À cet instant, on frappe à sa porte.

– Entrez ! dit-il.

Les magiciennes pénètrent dans la pièce, vêtues de velours violet. Leur chevelure rouge s'enroule en torsades autour de leur tête tel un diadème.

– Eh bien, Cham, es-tu…

– … confortablement installé ?

Le garçon ne s'étonne plus de leur curieuse façon de parler :

– Oui, merci. Je trouve juste cette chambre… un peu sombre.

– Oh, c'est exact ! Nous allons…

– … remédier à cela !

Isendrine et Mélisande prononcent ensemble un mot que le garçon n'a jamais entendu :

– *Brilill'iol !*

Aussitôt, une nuée de petits points lumineux se met à tourbillonner. Cham en reste bouche bée.

– *Lil'iom !* ordonnent d'une seule voix les magiciennes.

Obéissants, les points se rassemblent pour former une boule, qui reste suspendue en l'air, diffusant une agréable clarté.

Les femmes déclarent, sur le ton de l'évidence :

– Si on n'est pas un peu sévère avec les lucioles…

– … elles n'en font qu'à leur tête !

Puis Isendrine et Mélisande se tournent vers la porte et lancent :

– Venez…

– … jeunes filles !

Deux servantes pénètrent dans la chambre. La première porte le coffret de plomb contenant le cristal-qui-voit. C'est vrai ! Après sa rencontre avec Viriana, qui l'a tant bouleversé, Cham a oublié le précieux objet dans le bureau du Maître Dragonnier.

La deuxième servante tient une corbeille emplie de flacons ; des serviettes sont pliées sur son bras. Isendrine – à moins que ce ne soit Mélisande – s'approche du mur et pose la main sur un motif de fleur. Un panneau invisible pivote, révélant une petite pièce carrelée de blanc. Cham ouvre de grands yeux : une salle de bains ! Avec une baignoire ! Un énorme robinet en forme de lion semble prêt à y déverser de l'eau à volonté. À la ferme, on se lave dans un baquet de bois, qu'il faut emplir en transportant des brocs…

Le coffret est déposé sur la table ; flacons et serviettes sont rangés sur une étagère. Les jeunes servantes esquissent une révérence et se retirent.

– Cham, sache que tu es en sécurité tant que tu ne sors pas d'ici. Cette pièce cachée dans l'épaisseur des remparts…

– … est environnée d'un sort de protection, expliquent les magiciennes.

Le garçon se renfrogne. Est-ce que cela signifie qu'il doit rester enfermé ?

Isendrine et Mélisande continuent :

– La strige ne te trouvera pas non plus si nous sommes à tes côtés, ou si…

– … tu es en compagnie de ce jeune dragon que tu as élevé.

– Nour ?

– Oui, Nour. Un très beau nom…

– … pour un dragon.

Cham hoche la tête, un peu réconforté. S'il a le droit d'être avec Nour, tout va bien.

Il lui vient alors une question. Désignant la boule lumineuse, qui flotte au-dessus de sa tête, il demande :

– Et, pour éteindre la lumière, il faut aussi prononcer un mot magique ?

Le rire des magiciennes a la clarté du cristal :

– Oh, c'est très simple ! Il suffit…

– … de souffler dessus !

Elles soufflent ; la boule se disperse aussitôt en une myriade de points lumineux, qui clignotent et disparaissent.

– Voilà ! Maintenant, sauras-tu…

– … la rallumer ?

– Vous avez dit quelque chose comme… euh… *brillol*.

Isendrine et Mélisande échangent un regard. Puis elles annoncent :

— Eh bien, Cham, il est temps…

— … que nous t'apprenions un peu de magie !

Leçon de magie

Par un interminable escalier en colimaçon, les magiciennes entraînent Cham jusqu'au sommet de la tour. D'un côté, on domine la ville de Nalsara, le port, la mer qui scintille à perte de vue. De l'autre, on découvre une grande plaine où les champs, les vergers, les vignes dessinent des carrés bruns et jaunes. Plus loin s'élèvent des collines couvertes de forêts et de pâturages. Beaucoup plus loin encore, l'horizon est barré par une ligne sombre. Son sommet blanc se confond avec les nuages.

Isendrine et Mélisande commentent :

— Le ciel est très pur, aujourd'hui. Ce n'est pas tous les jours que les Montagnes du Nord…

— … sont visibles à l'œil nu.

Le garçon a beau plisser les yeux, il ne distingue pas grand-chose. Il demande :

— Alors, au-delà, c'est le territoire des Addraks ?

Les magiciennes acquiescent d'un signe de tête, et Cham sent un frisson le parcourir. Là-bas, quelque part derrière cette barrière rocheuse, il y a un château et une tour noire, où sa mère est prisonnière.

— Pour s'initier à la magie, rien de mieux que les hauteurs…

— … et le souffle du vent ! reprennent les deux femmes.

— Car tout est dans le souffle, vois-tu, Cham ! Sans le souffle…

— … les mots ne sont rien.

Elles expliquent que, avant de prononcer un terme de magie, il faut s'emplir d'air les poumons et le cerveau. Puis on lâche le mot en expirant, ni trop lentement, ni trop vite.

«S'emplir le cerveau d'air?» s'interroge le garçon, interloqué.

– Voyons, commençons par…

– … quelque chose de simple.

Les magiciennes se concertent du regard:

– Par exemple, si tu as besoin…

– … d'un bâton, tu emploies *krandach'*. Essaie!

Cham se concentre. Il inspire, essayant d'imaginer que l'air entre dans sa tête en même temps que dans sa poitrine. Et il lance d'un coup:

– *Krandach'*!

Il lui semble alors qu'une chèvre en colère lui flanque un coup de tête en plein ventre. Il titube et se retrouve sur les fesses.

– Ce petit est très doué, commente l'une des magiciennes. Mais…

– … il manque un peu d'équilibre! conclut l'autre.

Cham, encore sous le choc, découvre un mince objet allongé qui flotte devant lui. Un bâton! Il a fait apparaître un bâton!

–Eh bien…

–… prends-le ! l'encouragent les deux femmes.

Cham hésite, tend la main, saisit le morceau de bois. Il reconnaît une branche de noisetier, semblable à celles qu'il aime tailler, sur l'île, pour se fabriquer des arcs.

–Ce… ce n'est pas possible…! bredouille-t-il, incrédule.

Aussitôt, le bâton disparaît ; sa main refermée ne tient plus que du vide. Devant sa mine ahurie, les magiciennes éclatent de rire :

– Pour que le sort soit solide, il ne faut…

– … jamais cesser d'y croire ! Ce sera notre première leçon !

Cham se relève lentement. Ainsi, il va devenir magicien ! Ce n'est pas si étonnant, après tout, puisque sa mère possède ces pouvoirs. Et que son grand-père… Non, cette idée-là est trop dérangeante. Il se dépêche de chasser de son esprit l'image qu'il s'est faite du sorcier addrak, le père de sa mère.

Soudain, le garçon est pris d'une sorte de malaise. Son cœur palpite bizarrement ; il a

l'impression… qu'un second cœur bat dans sa poitrine, à côté du sien. Il n'a jamais ressenti ça ; pourtant, il devine aussitôt ce que cela signifie :

– Le cristal-qui-voit ! Il… il veut me montrer quelque chose !

Plantant là Isendrine et Mélisande, il dévale l'escalier de la tour.

Il passe en coup de vent entre les gardes postés devant sa porte. Il traverse sa chambre et se précipite sur le coffret de plomb, qui l'attend sur la table :

– *Effractet !*

Le couvercle se soulève. Cham prend la boule de verre dans ses mains. Un visage apparaît à l'intérieur. C'est Nyne ! Les lèvres de la petite fille bougent, et il entend dans sa tête : « Cham ! On peut communiquer ! Confie ton message pour moi au cristal, il l'enverra à mon miroir ! Qu'est-ce qui se passe au… »

Tout à coup, l'image se gondole, se déforme. Peu à peu, une autre la remplace ; un nouveau visage se dessine. Il ressemble à celui de Nyne, mais c'est celui d'une femme.

Le garçon souffle, bouleversé :

– Maman !

La bouche de sa mère articule alors des mots silencieux : « Prends garde, Cham ! Prends garde à la strige ! Darkat veut te... »

De nouveau, la communication s'interrompt. Une nuée obscure emplit le cristal, tourbillonne un instant et s'efface. C'est fini. La boule de verre ne montre plus rien.

– Maman, répète le garçon. Maman...

Une grave conversation

Cham est complètement chamboulé : il a revu le visage de sa mère ! Il n'avait que deux ans quand elle a disparu ; ses traits étaient brouillés dans sa mémoire. Maintenant il se souvient de ses yeux en amande, de l'arc noir de ses sourcils, de la ligne gracieuse de ses lèvres… Il donnerait n'importe quoi pour pouvoir l'embrasser. Hélas, elle est loin, si loin, enfermée dans une affreuse tour noire !

Tout à son émotion, il n'a pas entendu le pas léger des magiciennes, entrées derrière lui dans la chambre. Leurs voix le font sursauter.

– C'est bien ce que nous craignions ! Un œil maléfique…

– … est posé sur toi.

Une brusque angoisse serre la poitrine du garçon :

– C'est Darkat qui a empêché maman de me parler plus longtemps, vous croyez ?

– Probablement. Les Addraks ont l'intention de te capturer…

– … pour obliger ta mère à les servir ; ils mijotent quelque sinistre projet.

Cham réfléchit à haute voix :

– Maman sait parler aux dragons. Et il n'y a pas de dragons dans l'armée des Addraks…

Isendrine et Mélisande échangent un regard soucieux.

– En effet, petit ! Les Addraks n'ont jamais su les domestiquer. Or, s'ils possédaient des dragons…

– … ils n'hésiteraient plus à attaquer le royaume d'Ombrune.

Alors, ce serait la guerre !

Cette perspective épouvante Cham. Pourquoi est-il mêlé à ces choses terribles ? Et sa mère, la retrouvera-t-il jamais ? Oh, que son père et sa sœur lui manquent ! Il ressent un tel besoin de réconfort ! Au moins, grâce au cristal, il pourra sans doute répondre au message de Nyne. Mais que lui dire ?

Comme si elles avaient lu dans ses pensées, les magiciennes déclarent :

– Et n'essaie pas de communiquer avec ta sœur ! Tu es…

– … surveillé. Cela la mettrait en danger, elle aussi.

Là, c'en est trop. Au bord des larmes, Cham implore :

– S'il vous plaît, est-ce que je peux passer un moment auprès de Nour ?

D'un même mouvement de tête, les deux femmes refusent :

– Non. Pas maintenant. Mieux vaut que tu restes ici…

– … sous la protection de nos sortilèges.

– Pourtant, vous avez dit que je serais en sécurité avec le dragon !

– C'est vrai. Néanmoins, cette chambre est plus sûre. D'ailleurs…

– … on va t'apporter ton repas.

– Je n'ai pas faim, grommelle le garçon.

Il n'a aucune envie de déjeuner seul entre ces murs, comme un prisonnier dans sa cellule.

De nouveau, les magiciennes ont deviné ; elles précisent avec douceur :

– Tu ne seras pas seul ; quelqu'un restera avec toi. Et ne veux-tu pas…

– … un peu de lumière ? Te souviens-tu de la formule ?

C'est bien le moment de s'amuser avec des formules magiques ! Une brusque colère s'empare du garçon. Sans même réfléchir, il lance rageusement :

– *Brilill'iol !*

Obéissante, une nuée de points lumineux jaillit et volette en tous sens, avant de se rassembler en une sphère parfaite.

Isendrine et Mélisande applaudissent :

– Bravo, petit ! En un seul mot ! Quelle autorité ! Avec toi, les lucioles…

– … n'ont qu'à bien se tenir !

Surpris par ce succès inattendu, l'apprenti magicien esquisse un demi-sourire. Mais il reprend aussitôt son air buté :

– J'aimerais mieux manger un bout de pain et rester à la dragonnerie, dans la stalle de Nour…

À cet instant, quelqu'un frappe. La porte s'ouvre, et la visiteuse entre. C'est Viriana.

Elle dépose sur la table le plateau qu'elle apporte en annonçant :

– Voici de quoi te restaurer, Cham !

Elle attend que les magiciennes quittent la pièce, puis elle ajoute doucement :

– Acceptes-tu que je te tienne un peu compagnie ?

Pour toute réponse, le garçon se jette dans les bras de la vieille femme et il fond en larmes.

Viriana le berce comme un tout-petit :

– Là, là… Pleure, mon enfant ! Ça te soulagera. Tu vis des choses bien dures, depuis quelque temps.

Entre deux sanglots, Cham hoquette :

– J'ai… j'ai vu maman ! Enfin… son image, dans le cristal-qui-voit. Je… je voudrais tellement être avec elle, mais… elle est prisonnière, et… Oh, Viriana, j'ai peur ! J'ai si peur !

Quand le garçon est un peu calmé, la servante explique d'un ton grave :

– Ta mère est puissante, Cham. Certes, la magie noire des sorciers addraks est redoutable. Mais je connais Dhydra ; elle saura se défendre. Sauf si toi, son fils, tu tombes entre les mains de ceux qui la tiennent enfermée. Pour te protéger, elle serait alors forcée de leur obéir. Elle ne supporterait pas qu'on te fasse du mal. Voilà pourquoi tu ne dois prendre aucun risque. Ce n'est pas drôle de rester dans cette chambre, je le sais. Seulement, c'est le seul endroit où la strige ne te trouvera pas. Et il ne faut pas qu'elle te trouve. C'est vital, pour toi, pour ta mère, pour tout le royaume d'Ombrune. Tu comprends?

Cham renifle, il essuie ses joues d'un revers de main et marmonne:

— Oui, Viriana, je comprends.

5

Révélations

Encouragé par la vieille femme, Cham s'attable devant son plateau. Il commence par chipoter du bout de sa fourchette. Peu à peu, cependant, l'appétit lui revient. D'autant que, pour le distraire, Viriana s'est mise à lui narrer mille anecdotes amusantes sur sa mère. Celle-ci n'était qu'une enfant quand elle a découvert ses pouvoirs de magicienne.

– Un jour, raconte la servante, je tirais de l'eau au puits. Une tourterelle est venue se poser sur la margelle. Elle m'a regardée de son œil rond, elle a ouvert le bec, et j'ai entendu : « Viriana ? » D'émotion, j'en ai lâché la manivelle. Mon seau est retombé au fond avec un énorme *plouf !*

Le garçon s'esclaffe :

– C'était maman, hein ?

– Tout juste ! Elle venait de réussir sa première transformation. Elle avait quatre ou cinq ans, à l'époque. Seulement, elle ne savait pas encore stabiliser un sort. Trois secondes après, elle est redevenue petite fille. Elle s'est retrouvée debout, en équilibre au bord du puits. Je n'ai eu que le temps de la retenir avant qu'elle dégringole dedans. Je l'ai bien grondée, la coquine !

Soudain, Cham s'immobilise, la fourchette en l'air. Le regard fixe, il lâche :

– La chouette blanche… !

– Quelle chouette blanche ?

– Il y a deux jours, explique le garçon, on jouait dans la neige, Nyne et moi. Et une chouette s'est posée près de nous. Elle nous apportait un message, dans un petit cylindre attaché à une chaînette qu'elle avait autour du cou. Un message de maman. On a bien pensé que ce n'était pas un oiseau ordinaire, mais...

D'une voix tremblante, Cham achève :

– Mais, cette chouette, c'était peut-être maman... !

– Ma foi, c'est possible.

Le garçon lève sur la servante des yeux brillants de larmes :

– Dans ce cas, pourquoi ne nous a-t-elle pas parlé, comme la tourterelle ?

– Pour ne pas vous effrayer, je suppose. Tu imagines ça, une chouette qui parle ? Vous en seriez tombés sur le derrière !

La vieille femme fait une mimique si drôle que Cham ne peut s'empêcher de pouffer.

Reprenant son sérieux, il se lève et vient lui prendre la main :

– Merci, Viriana. Je suis très content que tu... que vous...

Viriana attire le garçon contre elle :

– Tu peux me tutoyer, Cham. Je suis un peu ta grand-mère, même si la véritable s'appelait Solveig, et aurait infiniment mérité l'amour de ses petits-enfants.

Cham se blottit dans les bras de cette grand-mère d'adoption. En lui-même il songe :

«Oh, maman! Si je savais me transformer en oiseau, je volerais jusqu'au pays des Addraks, je trouverais la tour où tu es enfermée, je... je...»

Et qu'est-ce qu'il ferait, pauvre magicien de rien du tout, qui a encore tellement à apprendre? Avec un soupir, il se redresse :

— Combien de temps vais-je rester bouclé dans cette chambre?

— Je ne sais pas, mon petit. Mais, si tu veux protéger ceux qui te sont chers, sois patient, et surtout très prudent!

Toute la journée, Nyne espère une réponse de son frère. Dix fois elle monte dans sa chambre pour consulter le miroir. Dix fois elle redescend, déçue, et à chaque fois un peu plus inquiète. Antos finit par remarquer son manège :

– Qu'y a-t-il, Nyne ? Tu as un souci ?

Pour ne pas alarmer son père, elle bredouille la première explication qui lui passe par la tête :

– Ce n'est rien, papa. Je… Un de mes lapins avait l'air un peu malade. Je l'ai porté là-haut, dans une caisse. Je vais le voir de temps en temps ; je… je crois qu'il va mieux.

Et les heures passent.

La nuit tombe, l'heure du coucher arrive, le miroir n'a toujours rien transmis.

Incapable de garder plus longtemps son angoisse pour elle, la petite fille redescend l'escalier en chemise de nuit :

– Papa !

Antos, qui lit devant la cheminée, s'étonne :

– Eh bien, tu n'es pas encore au lit ?

En guise de réponse, Nyne lui montre ce qu'elle tient dans la main.

– Ton miroir ? Qu'y a-t-il, fillette ? Tu trembles ; tu as de la fièvre ?

– J'ai peur, papa, peur qu'il soit arrivé quelque chose à Cham… Il ne répond pas à mon message.

– Quel message ? De quoi parles-tu, Nyne ?

Le temps des cachotteries est passé ; la petite fille décide de tout raconter à son père. Elle lui explique les pouvoirs du cristal-qui-voit et de ce miroir, qui a appartenu à sa mère. Elle révèle enfin le plus important : Dhydra est vivante ; ils en ont la preuve !

À cette nouvelle, l'éleveur de dragons devient si pâle que Nyne s'affole :

– Papa ? Ça va ?

Antos reprend vite ses esprits. Serrant sa fille contre lui, il avoue :

– Je m'en doutais, Nyne. Je n'osais pas y croire. Pourtant, quand j'ai vu votre *Livre des Secrets*, j'ai pensé que c'était peut-être votre mère qui vous l'avait envoyé. Elle ne s'en vantait jamais, mais j'avais deviné qu'elle était magicienne. Alors, même si la mer l'a emportée, pourquoi n'aurait-elle pas survécu ?

– Maman est vivante, papa, reprend Nyne. Malheureusement, elle est prisonnière des Addraks. Et je sens… je sens que Cham est en danger !

Maléfices

Une nuit étrange est tombée sur le royaume d'Ombrune. Dans les étables et les bergeries, les bêtes s'agitent. Des aboiements de chiens se répondent d'une cour à l'autre. Les rares personnes encore dehors à cette heure tardive s'étonnent que le ciel soit si noir – pas une étoile, pas un rayon de lune – ; elles rentrent vite chez elles et se hâtent de fermer leur porte.

À la dragonnerie, les dragons, nerveux, font cliqueter leurs écailles. Nour s'est redressé dans sa stalle. Il hume l'air, chargé d'une odeur fade, mélange de fer et de cendre. Cette odeur, il l'a déjà flairée; c'est celle de la strige…

Nour interroge prudemment Cham en pensée. Seule une respiration régulière lui parvient.

« Tu dors, petit maître ! »

Il ne faut surtout pas le réveiller ! Le dragon se retire aussitôt de l'esprit du garçon, en lui laissant l'image d'une prairie en fleurs pour éclairer ses rêves.

À l'extérieur, il n'y a pas un souffle de vent. Pourtant, quelque chose bouge, le jeune dragon le sent. *Ça* rampe, *ça* se faufile, *ça* s'insinue. C'est aussi furtif et silencieux qu'une goutte d'eau zigzaguant sur une vitre.

À la Dragonnerie royale, les dragons ne sont jamais enchaînés, et la porte de leur stalle n'a pas de loquet.

Nour pousse du front le battant de bois. Sur la pointe des griffes, il s'aventure dans la cour. Au-dessus, le ciel n'est qu'une voûte de ténèbres. Or, les dragons possèdent une vision particulière, qui leur permet de percer la nuit la plus noire. Nour observe : la dragonnerie, les hauts murs du palais, les tours à l'angle des remparts...

Et il voit.

Des centaines de minces filaments jaillissent de la nuée obscure. Ils s'allongent, tâtonnent, s'introduisent dans les fentes des portes et des fenêtres. Ils fouillent chaque pièce du palais, explorent chaque recoin de la dragonnerie et des dépendances... L'un d'eux effleure le dos de Nour, puis recule vivement et s'en va ramper plus loin.

« Ça t'embête de me trouver là, hein ? » raille mentalement le jeune dragon.

Nour comprend avec angoisse que ces fins serpents de fumée sont reliés à la strige ; c'est elle qui les envoie, qui les dirige.

Ils sont à la recherche de Cham.

La chambre du garçon est puissamment protégée. Mais les sorciers addraks usent de magie noire. Ils seraient bien capables de déjouer les sortilèges des magiciennes...

Le jeune dragon décolle sans bruit et plane au-dessus du palais. À son passage, les tentacules maléfiques s'écartent en ondulant. Ce n'est pas lui qu'ils veulent ; sa présence les dérange. Nour vire et volte, s'amusant un moment de leur agacement. Soudain, un faisceau de filaments fonce sur l'une des tours d'angle. Ils ont repéré le garçon !

Nour gronde sourdement. Il s'interpose et, d'un coup d'aile, tente d'éloigner la menace. Les tentacules réunis le fouettent alors avec une telle violence qu'il valdingue dans les airs et manque de heurter un rempart. Le temps qu'il retrouve son équilibre, la tour s'est totalement recouverte de fils serrés. On dirait une plante grimpante enfonçant dans la pierre ses tiges avides. Les filaments se pressent autour d'une étroite fenêtre, celle du bas, celle de la chambre où dort Cham.

Le jeune dragon rugit d'effroi autant que de colère. À cet instant, les tentacules se tordent et se dissolvent. L'immense masse

noire qui cachait le ciel se résorbe d'un coup; les étoiles réapparaissent. Les sortilèges des magiciennes ont accompli leur tâche, ils ont repoussé les doigts de fumée de la strige.

Nour retourne dans sa stalle. Il est à la fois soulagé et préoccupé. Si les sorciers addraks n'ont pu mettre la main sur Cham, ils savent maintenant où il se trouve. Ils recommenceront; ils doubleront la puissance de leurs maléfices. Isendrine et Mélisande sauront-elles y résister?

Dans sa chambre, Cham dort, enroulé dans les draps de soie. Il marche dans une prairie en fleurs, et quelqu'un vient à sa rencontre. Ce visage si pâle, ces longues mèches noires… C'est elle, c'est sa mère! Joyeux, il tend les bras. Mais dans les yeux qui le fixent s'allume une lueur ironique et cruelle.

Réveillé en sursaut, Cham se dresse sur son lit:

– Darkat!

Il regarde autour de lui, la bouche sèche, s'attendant presque à découvrir le sorcier à son chevet.

Il n'y a personne, bien sûr. Un rayon de lune argente vaguement la chambre ; la nuit est tranquille. Ce n'était qu'un rêve. Un mauvais rêve.

Appels sans réponse

Antos n'a pas fermé l'œil de la nuit. Ses pensées revenaient sans cesse à son épouse prisonnière, à son fils peut-être en danger. Aux premières lueurs du jour, il a préparé une lettre pour messire Onys, le Maître Dragonnier. L'éleveur de dragons espère recevoir très vite une réponse qui le rassurera un peu. En revenant de la tour où nichent les alcyons voyageurs, il s'étonne de trouver Nyne dans la cuisine :

– Déjà levée, fillette ? Tu es bien matinale.

– Je n'arrive plus à dormir. Je m'inquiète

pour Cham. Le miroir ne me montre rien, rien du tout…

D'un ton aussi confiant que possible, son père affirme :

— Nous aurons bientôt des nouvelles ; j'ai envoyé un message au palais.

La petite fille hoche la tête.

Machinalement, elle accomplit les gestes habituels : verser du lait dans une casserole, la poser sur le fourneau, ranimer le feu… Son esprit est ailleurs. Comme chaque matin, elle s'attable en face de son père, qui coupe du pain. À côté de lui, il y a une chaise vide, la chaise de Cham. Si elle restait vide pour toujours ?

Nyne s'efforce de chasser cette affreuse pensée. Il faut qu'elle fasse quelque chose, sinon, elle va devenir folle.

Elle grignote un bout de tartine, avale trois gorgées de lait et se lève :

— Papa, je… je vais voir la mer. J'ai besoin de respirer.

Sans laisser à son père le temps de réagir, elle enfile sa pèlerine, franchit la porte.

L'air est glacial, mais Nyne n'y prend pas garde. Un espoir lui est venu. Un espoir bien fragile. Pourtant, qui sait ?

Arrivée au bord de la falaise, la petite fille lance un appel mental :

« Vag ! Vag, écoute-moi, s'il te plaît ! J'ai besoin de toi. »

Elle scrute l'horizon, guettant le grand élusim. Il va l'entendre ; il va venir !

Secouée par les bourrasques, elle reprend sa prière muette :

« Je t'en prie, Vag, c'est important ! Il faut que tu m'aides ! »

Hélas ! rien ne surgit des vagues écumantes, et seul le vent lui répond en sifflant lugubrement à ses oreilles.

Elle finit par retourner à la maison, frigorifiée. De nouveau elle interroge son miroir, sans résultat. Elle songe alors au *Livre des Secrets*. Elle se précipite dans la chambre de son frère, ouvre le tiroir. Le livre est là.

Nyne tourne les pages, fébrile. Les quatre premières portent toujours les textes qui s'y sont inscrits. Des lignes vont-elles se former sur la cinquième ? La petite fille la fixe un long moment, jusqu'à en avoir les yeux qui piquent. Malheureusement, le papier reste blanc. Nyne s'interroge, désemparée : pourquoi ? Pourquoi n'obtient-elle aucune réponse ?

Puis elle se souvient. Quand le nicampe leur a remis *Le Livre des Secrets*, il a dit : « Il y a plein de choses, sur ces pages… Seulement, elles n'apparaissent que lorsqu'on a vraiment besoin de les connaître. »

Peut-être n'a-t-elle pas besoin de savoir *maintenant*? Quant au miroir qui ne montre rien et à Vag qui reste muet… Et s'il *ne fallait pas* qu'elle communique avec son frère et avec l'élusim?

Nyne entrevoit une explication: il y a la menace des Addraks derrière tout ça. En insistant, sans doute risque-t-elle de mettre Cham encore plus en danger… Elle doit être très patiente. Et très prudente.

Dans sa chambre princière, Cham a droit à un somptueux petit déjeuner. Après quoi, il se fait couler un bain aux huiles parfumées et s'y prélasse un long moment. Il s'essuie dans une immense serviette d'une douceur incroyable. Il enfile une chemise et un pantalon propres. Puis il s'assied devant sa table pour examiner plus attentivement le magnifique ouvrage sur les dragons.

En lisant la première page, il découvre qu'il a été rédigé il y a deux cents ans par un grand magicien. «Je possède un don rare, écrit l'auteur, celui de communiquer avec

les dragons. C'est ainsi que j'ai pu apprendre leur langage, dont chaque mot est chargé de magie. »

En réalité, c'est un livre de magie ! Ça veut dire que...

– Les formules employées par les magiciennes pour lancer des sorts, c'est du vocabulaire de dragon, réfléchit le garçon à voix haute.

Cette révélation l'enthousiasme :

– Moi aussi, je pourrai l'apprendre ! C'est Nour qui sera étonné, si je lui parle dans sa langue !

Puis il fronce les sourcils :

— Est-ce que Isendrine et Mélisande communiquent aussi avec les dragons ? Il faudra que je leur pose la question…

Au fil des pages, Cham découvre que *brilill'iol* est une contraction de *brililliié orinioli*, qui signifie « brillez, lucioles ! » Il s'efforce ensuite de mémoriser quelques termes. « Pluie », par exemple, se dit *lochti,* et « mer », *slimane.* Tiens, ce mot était dans la formule qui a servi à endormir la Kralaane ! « Aile », c'est *fenn*, et, au pluriel*, fennas* ; « épée », c'est *swor*… Et s'il cherchait la signification de *horlor gorom*, les deux mots qui lui ont permis de repousser la strige ?

Malheureusement, il ne les trouve pas. Au bout d'un moment, il en a assez. Si seulement il pouvait sortir de cette pièce ! Le beau soleil d'hiver qui passe par l'étroite fenêtre semble l'appeler dehors. Ah, rejoindre Nour, grimper sur son dos et survoler la cité de Nalsara ! Puis filer au-dessus des champs, découvrir du haut des airs le royaume d'Ombrune qu'il ne connaît pas, franchir les Montagnes du Nord…

Il rêvasse ainsi un moment. Il s'imagine piquant avec sa monture ailée sur la tour noire que lui a montrée le miroir de Nyne. Sa mère, transformée en chouette blanche, s'échappe de son cachot ; ils s'enfuient ensemble, libres, et…

Cham se secoue ; ces songeries ne mènent à rien. Il devrait plutôt tenter de converser en pensée avec Nour. Il ne l'a jamais fait à distance, mais ça ne coûte rien d'essayer.

Il essaie donc, encore et encore. Rien. Aucun contact.

Exaspéré, il décide de se rendre à la dragonnerie. Qu'est-ce qu'il risque, après tout ? Il n'est pas en prison, quand même !

Il ouvre sa porte et… se heurte aux magiciennes.

8

Le piège

Embarrassé, Cham bredouille :

– Oh, je… ! Il me semblait avoir entendu des pas.

Isendrine et Mélisande s'interrogent l'une l'autre d'un ton faussement inquiet :

– Nos sortilèges de silence auraient-ils…

– … perdu de leur efficacité ?

Le garçon devient aussi rouge qu'une pivoine, et les deux femmes éclatent de rire :

– Allons, petit, réjouis-toi ! Tu vas…

– … quitter cette chambre sombre.

– Je peux retourner chez moi? Le danger est passé? s'exclame Cham.

À sa grande déception, les magiciennes secouent la tête :

– Non, hélas! Il est même…

– … plus grand que jamais.

Elles lui racontent les événements de la nuit, la tentative de la strige pour le repérer. Puis elles expliquent :

– Nous allons renforcer notre protection autour de cette pièce…

– … afin de tromper la strige. Mais toi, tu n'y seras plus.

Ce qu'elles ajoutent alors console Cham de sa déception :

– Viriana a accepté de t'abriter chez elle. Bien sûr…

– … nous envelopperons sa maison d'un sort puissant!

Il a vite fait de rassembler ses quelques affaires. Cette fois, il n'oublie pas le cristal-qui-voit. Quelques minutes plus tard, escorté par les magiciennes, il sort du palais par une poterne, au bas des remparts.

Bientôt, il arrive devant une chaumière. Des poules picorent dans la cour, du linge sèche sur une corde, un seau attend sur la margelle d'un puits. Le garçon observe ce simple décor de tous ses yeux : c'est là que sa mère a vécu, enfant !

Viriana apparaît sur le seuil. Cham s'élance et se jette dans ses bras.

Antos, les sourcils froncés, relit pour la troisième fois la courte lettre que vient de lui rapporter l'alcyon voyageur :

La menace des Addraks se précise.
Votre fils ne doit en aucun cas
tomber entre leurs mains.
Que la fillette ne fasse pas usage de son
miroir, elle mettrait son frère en danger.
Mais n'ayez aucune crainte, nous gardons
Cham sous la protection des magiciennes.
Messire Onys, Maître Dragonnier.

– « N'ayez aucune crainte… » ! grommelle l'éleveur de dragons. Il en a de bonnes, messire Onys !

À cet instant, Nyne entre dans la cuisine.

– Un message du palais ? s'écrie-t-elle.

Antos hoche la tête. Il hésite un bref instant, puis il tend le papier à sa fille.

Elle lit. Et elle déclare gravement :

– Les Addraks, bien sûr… Je le savais.

Cham passe une journée délicieuse auprès de Viriana. Tout en bavardant, il l'aide à couper du bois, à tirer de l'eau au puits, à nourrir les poules. Les magiciennes l'ont autorisé à circuler autour de la maison, sans jamais dépasser les limites de la cour : au-delà, leur magie serait incapable de le protéger.

Cependant, elles lui ont bien recommandé :

– Dès la nuit tombée, ne mets plus le nez dehors ! Tu ne seras en sécurité…

– … qu'entre les murs de la maison. C'est aux heures nocturnes que la strige déploie toute sa puissance.

La nuit survient très tôt, en hiver. Mais le garçon se sent bien, près du feu, en compagnie de la vieille femme. Il apprécie leur simple repas de soupe et de fromage, tout en écoutant encore quantité d'histoires sur sa mère.

Quand vient l'heure de se coucher, Viriana tire le rideau d'une alcôve :

– C'était le lit de Dhydra. Je suis sûre que tu y feras de beaux rêves !

Cham se pelotonne sous le gros édredon rouge, enfouit sa tête dans l'oreiller de plumes. Il lui semble retrouver le parfum léger de sa mère, quand celle-ci venait l'embrasser avant qu'il s'endorme.

Ce soir, c'est Viriana qui pose un baiser sur sa joue. Et le garçon ferme les yeux sous cette caresse maternelle, dont il avait oublié la douceur.

Cham s'agite dans son sommeil, troublé par un songe bizarre : un bateau accoste au port de Nalsara. Sa sœur en descend. Dans une main, elle tient son miroir. La lune, énorme, éclaire le quai de sa lumière blanche. La petite fille s'engage sur un sentier qui longe les remparts. Elle approche de la maison; elle pousse la barrière. Puis, du milieu de la cour, elle appelle : « Cham ! »

Le garçon se redresse, réveillé en sursaut. Il tend l'oreille ; la nuit est tranquille. Ce n'est rien, il a rêvé.

Alors qu'il repose la tête sur l'oreiller, il entend de nouveau distinctement :

– Cham !

Pas de doute, c'est la voix de sa sœur ! Il bondit hors du lit et court à la fenêtre. Nyne est là, devant la barrière ouverte. La brise nocturne fait voleter ses cheveux noirs. La

lumière de la lune rend plus blanche encore la peau si blanche de son visage.

Si Nyne est venue jusqu'ici, c'est qu'elle a besoin de lui! Sans réfléchir, le garçon pousse la porte; il s'avance dans la cour.

À l'instant même, il comprend son erreur. Sa sœur ne peut pas être là! C'est une illusion! C'est… un piège!

Il veut reculer, retrouver l'abri de la maison.

Trop tard! Une nuée couleur de nuit s'est abattue sur lui.

Le combat de Cham

Cham hurle, de peur autant que de colère. Quel idiot il est! Comment a-t-il pu se laisser tromper ainsi? Il rue, il se cabre, il lance des coups de pied, des coups de poing. Il a l'impression de cogner dans du coton. Il crie, mais sa voix est étouffée par la chose molle et froide qui l'enveloppe.

De toutes ses forces, il lance quand même:

– *Horlor gorom!*

Un rire railleur résonne à ses oreilles et, à travers l'épaisseur des ténèbres, un visage lui apparaît. Ces cheveux noirs, cette peau blanche… Ce n'est pas Nyne, bien sûr! C'est Darkat, le sorcier!

– Trop tard, petit! Il fallait y penser avant!

– Lâchez-moi! supplie le garçon, tout en sachant que ça ne sert à rien.

Le mauvais rire retentit de nouveau :

– Ce n'est pas moi qui te tiens; je suis loin d'ici. Et, si j'ordonnais à la strige de te lâcher, tu t'écraserais au sol, les membres brisés. Regarde!

Une étroite ouverture se forme dans la masse maléfique, pour se refermer presque aussitôt. Mais Cham a eu le temps de voir : au-dessous de lui, éclairé par la lune, le paysage défile à une vitesse surnaturelle. Il est à une telle hauteur que les champs et les bois forment un damier vert et brun, parsemé de minuscules habitations.

– Je tiens à te récupérer entier, reprend le sorcier, et vivant!

Cham se débat encore, puis, d'un coup, il cesse de lutter; il se laisse emporter comme s'il abandonnait la partie, émettant de brefs sanglots. En réalité, il cherche désespérément un moyen de s'en sortir. Pour gagner du temps, il gémit :

– Où êtes-vous ?

– Par-delà les Mornes Monts, que vous appelez les Montagnes du Nord. Mais tu vas bientôt me rejoindre. En attendant, nous communiquons par l'esprit de la strige !

À cette idée, le garçon frémit de terreur et de dégoût. Il ferme les yeux, serre les paupières de toutes ses forces, plaque ses mains contre ses oreilles. Mais il entend encore la voix moqueuse :

– Tu t'es soustrait au sort de protection, c'était très imprudent ! Tu es en mon pouvoir, à présent.

D'un ton doucereux, le sorcier continue :

– Pourtant, je ne te veux aucun mal, Cham. Au contraire. Je vais même t'amener à ta mère ! Tu sais qu'elle n'est pas morte, n'est-ce pas ? Revoir ta mère ! N'est-ce pas ce que tu désires plus que tout au monde ?

La peur du garçon s'atténue un peu.

Il s'est laissé bêtement capturer, mais sa
vie n'est pas en danger. Du moins, pour
l'instant. Et tant qu'il y a de la vie, il y a de
l'espoir, dit un proverbe connu.

Pour jouer le jeu, il gémit :

– Maman…

Et le sorcier s'y laisse prendre :

– Oui, ta maman, petit ! Elle attend ton
arrivée. Elle va être si heureuse !

Cham réfléchit à toute vitesse. S'il est
trop tard pour utiliser *Horlor gorom*, il reste
peut-être un moyen… Pas plus tard que la

veille, il a feuilleté le gros livre, sur la table de sa chambre ; il a mémorisé certains mots. Il se rappelle l'enseignement des magiciennes : pour prononcer un terme de magie, il faut d'abord s'emplir d'air les poumons et le cerveau. Cham se concentre. Il inspire lentement, profondément.

Quand il se sent prêt, il clame :

– *Swor !*

Il a réussi ! Une épée s'est matérialisée devant lui. Sa lame bleutée étincelle.

Y croire ! Il doit y croire !

Le garçon saisit le pommeau ; il sent le poids de l'arme dans sa main, le contact du métal, froid, solide. Et, bien qu'il n'ait jamais combattu, il trouve d'instinct les gestes du guerrier : il tranche et taille dans la noirceur qui l'environne en poussant de grands cris.

Un brève seconde, il se croit sauvé : la masse ténébreuse se déchire sous les coups de la lame magique, laissant passer la lumière pâle de la lune. Lorsqu'un trou s'ouvre sous ses pieds, Cham saute dans le vide en lançant :

– *Fennas !*

Des ailes ! Il lui faut des ailes ! Vite !

Hélas, le sortilège ne fonctionne pas ; il tombe comme une pierre. L'épée a fondu dans sa main. Il hurle, hurle…

Tout cela ne dure que le temps d'un battement de cœur. L'espèce de cocon froid se referme sur lui, arrêtant sa chute et l'emprisonnant de nouveau. La voix de Darkat résonne, amusée :

– Bien joué, petit magicien ! Mais tu n'es

pas encore assez puissant pour évoquer deux sorts à la suite.

Sur le ton d'un maître content de son élève, il ajoute :

— Toutefois, tu es doué et tu apprends vite. Cela me plaît. Tu as du sang addrak dans les veines, Cham, comme ta mère. Nous allons faire de grandes choses ensemble ! Oui, de grandes choses !

Une rage folle gonfle la poitrine du garçon. Il crache :

— Je ne suis pas un Addrak ! Je ne ferai rien avec vous ! Rien du tout !

Le sorcier éclate de rire :

— Nous reparlerons de ça bientôt, petit ! Regarde, te voilà presque arrivé !

Une fente étroite se forme dans l'épaisseur obscure. Devant les yeux de Cham se dresse une haute tour noire, qu'il reconnaît aussitôt : c'est celle qu'il a vue dans le miroir de Nyne, trois jours plus tôt. Trois jours seulement ! À ce moment-là, il était à la ferme avec sa sœur. Tous deux s'imaginaient déjà délivrant leur mère prisonnière. Et maintenant…

Maintenant, il est aux mains des Addraks. Il s'est montré stupide et imprudent. À cause de lui, tout le royaume d'Ombrune est en danger.

Il lui semble alors qu'un bâillon humide se colle contre son visage. Il veut crier. Impossible, il étouffe. La tête lui tourne, et il s'évanouit.

Prisonnier!

Un rugissement désespéré monte de la dragonnerie. Nour surgit hors de sa stalle.

Trop tard !

Il a juste le temps d'apercevoir la nuée ténébreuse qui file vers le nord. Elle emporte Cham, le jeune dragon l'a compris.

Un bref instant, il est tenté de s'élancer à la poursuite de la strige. Puis il y renonce, son vol n'est pas assez rapide. S'il est encore possible de sauver Cham, c'est ici qu'il sera utile.

Nour adresse à messire Onys un pressant appel mental. Le Maître Dragonnier s'éveille aussitôt.

Dans un demi-sommeil, Viriana tend le bras pour ramener sur elle sa couverture ; elle a froid. Cette sensation la réveille tout à fait. La porte ouverte laisse entrer l'air glacé de la nuit. La porte... Elle ne s'est pas ouverte toute seule !

D'un bond, la vieille femme est debout. Elle court à l'alcôve. Le lit de Cham est vide.

Elle se précipite sur le seuil. La cour baignée de lune est vide, elle aussi. Mais deux silhouettes apparaissent à la barrière : Isendrine et Mélisande.

– Le sort de protection...

– ... est intact ! constatent-elles.

Viriana se laisse tomber à leurs pieds en sanglotant :

– C'est ma faute ! Je... Je dormais. J'aurais dû veiller, le surveiller...

Les magiciennes la relèvent avec douceur :

– Ce n'est pas votre faute, Viriana. La strige a dû…

– … utiliser une ruse. C'était à nous d'être vigilantes !

La vieille servante se tord les mains :

– Mon pauvre petit ! Que faire, maintenant ? Que faire pour le sauver ?

Un bruit léger tire Nyne d'un rêve pénible, dont les images s'effacent aussitôt de sa mémoire. Il ne lui en reste qu'une vague impression d'angoisse. Elle tend l'oreille. Le bruit recommence. Ça ressemble à… au tapotement d'un ongle sur du verre.

– Mon miroir !

La petite fille se saisit de l'objet, qu'elle a posé près d'elle, sur sa table de nuit, avant de se coucher. Aurait-elle enfin un message de Cham ?

Malgré la mise en garde de messire Onys, elle scrute la surface lisse, pleine d'espoir.

C'est bizarre. La lune emplit sa chambre d'une lumière argentée. Pourtant, elle ne se voit pas dans le miroir ; il s'est couvert d'une brume blanchâtre. On dirait alors qu'un doigt dessine sur cette buée.

À mi-voix, la petite fille déchiffre :

Cham est pris.

D.

Aussitôt, l'inscription s'efface.

Nyne a déjà sauté du lit. Pieds nus, elle dévale l'escalier en hurlant :

– Papa !

Lorsque Cham revient à lui, il est allongé sur un lit dur, dans la pénombre. Il tend le bras sur le côté ; sa main touche un froid mur de pierre. Un rayon de lune, qui entre par une étroite fenêtre, projette sur les pavés du sol l'ombre de barreaux. Il est en prison !

Tout lui revient alors : la ruse de la strige, son enlèvement. Terrifié, il gémit :

– Maman… !

– Je suis là, mon fils, lui répond une voix qu'il reconnaît aussitôt.

Un visage se penche sur lui. Cette peau si

blanche, ces longs cheveux noirs, ce sourire… C'est elle, c'est bien elle !

L'instant d'après, Cham est dans les bras de sa mère et se laisse bercer, sanglotant de bonheur au milieu de sa détresse.

Quand il a bien pleuré, il s'essuie les yeux et soupire :

– Je suis désolé, maman ! J'ai été idiot, j'ai laissé la strige me tromper. Maintenant, les Addraks vont t'obliger à…

Il n'arrive pas à en dire plus. La peur le reprend et lui serre la gorge.

Dhydra lui caresse les cheveux en souriant :

– Ne t'inquiète pas, Cham ! Les sorciers addraks sont puissants, mais nous le sommes aussi. Tu es un jeune magicien très doué, je le sais. Avec ce que je t'enseignerai, nous serons plus forts qu'eux. Surtout, ne te laisse jamais intimider par leurs menaces ! Tu m'entends, mon enfant ? Jamais !

Cham acquiesce de la tête, un peu réconforté. Puis il dit :

– Je regrette de ne plus avoir le cristal-qui-voit. Il est resté chez Viriana.

– Je suis heureuse que messire Damian te l'ait donné. Et qu'il ait remis mon miroir à ta sœur.

– Oui, il nous en a fait cadeau avant de mourir. Tu sais que messire Damian est mort?

– Je le sais. Il m'a visitée dans mes rêves. Il m'a montré la dernière chose que ses yeux ont contemplée.

– Le Royaume des Dragons! devine le garçon.

– Oui, le Royaume des Dragons. Et c'était une vision merveilleuse. Ce souvenir me soutient. Je n'aiderai pas les Addraks à dompter des dragons; je refuserai toujours. Les dragons sont des créatures trop nobles pour être soumises à d'immondes sorciers!

– Maman…? souffle Cham.

– Oui, mon petit.

– Nous sommes pourtant un peu addraks, toi et moi, n'est-ce pas?

Dhydra regarde son fils au fond des yeux. Puis elle déclare gravement:

– Nous sommes ce que notre cœur veut

que nous soyons. Souviens-toi de ça, Cham !
Je n'arrive pas à sonder les pensées de
Darkat et des autres sorciers ; leurs esprits
me sont fermés. J'imagine cependant qu'ils
tenteront de te séduire, avant de te menacer.
Aussi, promets-moi d'être toujours fidèle à
ton cœur, quoi qu'il arrive !

Le garçon se blottit contre sa mère en
murmurant :

− Je te le promets, maman !

Et la lune, qui poursuit sa lente course
dans le ciel, déverse sa lumière pâle sur
l'une des tours d'une énorme citadelle : celle
où Cham et Dhydra sont enfermés.

Retrouve vite Cham et Nyne
dans la suite des aventures de

Les dragons de Nalsara

Tome 9
La Citadelle Noire

Cham est pris.

D.

Tel est l'effrayant message qu'un doigt invisible a écrit sur le miroir de Nyne. Ce « D. » qui le signe ne laisse aucun doute : l'avertissement vient de Dhydra. Depuis que la petite fille a lu ces trois mots, elle sanglote dans les bras de son père. Antos, désemparé, lui caresse les cheveux en répétant :

– Allons, allons ! Les magiciennes vont intervenir… Et messire Onys, et les dragons… Il n'y a pas de quoi s'affoler.

Quoi qu'il en dise, le Grand Éleveur l'est bel et bien, affolé ! Que faire ? Au beau milieu de la nuit ? En le tirant du lit, Nyne a interrompu un rêve pénible où Dhydra, sa femme, lui criait quelque chose qu'il ne comprenait pas. Essayait-elle de le prévenir en songe? De lui donner un conseil? À moins que… Peut-être lui reprochait-elle de n'avoir pas su protéger leur fils?

Antos finit par retrouver ses esprits. Il s'exclame:

– Voyons, fillette! Il est quatre heures du matin! Tu es sûre de ce que tu racontes? Un ongle qui cogne contre le verre, un doigt qui écrit sur de la buée… Ça ressemble plutôt à une sorte de cauchemar. Tu es inquiète pour ton frère, je le comprends. Néanmoins…

Nyne lui coupe la parole:

– J'étais parfaitement réveillée! Ça s'est effacé tout de suite, mais j'ai très bien lu! Et le miroir ne peut pas mentir.

Son père reprend d'une voix apaisante:

– D'accord. Admettons que tu aies bien lu. Qu'est-ce qui prouve que ce message venait de ta mère?

Cette question rend Nyne presque furieuse :

– Le miroir a appartenu à maman. Et ce D…

– Quel est le nom du sorcier addrak, que vous avez combattu au palais ?

– Il s'appelle Darkat, mais…

La petite fille s'interrompt et fixe son père avec des yeux remplis d'effroi :

– Tu crois que ce serait Darkat, qui…

– Je ne crois rien, Nyne, soupire l'éleveur de dragons. Je raisonne, c'est tout. Ta mère aurait-elle écrit un message aussi bref ? Ce sorcier cherche peut-être simplement à nous alarmer.

– Pourquoi ferait-il ça ?

– Pour que nous paniquions en imaginant ton frère aux mains des Addraks. Et que nous tentions n'importe quoi, quelque chose qu'il pourrait utiliser contre nous. Souviens-toi de la dernière lettre de messire Onys : il te demandait de ne plus utiliser ton miroir,

pour ne pas mettre Cham en danger.
Suppose que Darkat soit capable de s'en
servir…

— Oh! souffle la petite fille.

Alors, le doigt qui écrivait sur le verre du
miroir aurait été celui de Darkat? Cette idée
l'épouvante : c'est un peu comme si le
sorcier avait pénétré dans sa chambre !

Elle réfléchit, les sourcils froncés, puis
affirme :

— Non, papa. Non, le message était de
maman, je le sens. S'il était aussi court,
c'est qu'il n'y a pas beaucoup de place sur
un si petit miroir. Ou peut-être qu'elle
n'avait pas le temps d'en écrire plus, qu'elle
craignait qu'on la surprenne…

Les dragons de Nalsara